LA SAINT-CHARLEMAGNE DE 1874

LE

LYCÉE IDÉAL

DIALOGUE

PAR

Maurice BERNARDIN,

Élève de rhétorique au Lycée Henri IV.

FONTAINEBLEAU

IMPRIMERIE DE ERNEST BOURGES

1874

38384

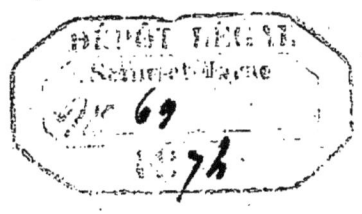

LE LYCÉE IDÉAL

LE LYCÉE IDÉAL

DIALOGUE

PAR MAURICE BERNARDIN,

Élève de rhétorique.

Personnages : CHARLEMAGNE, UN ÉLÈVE.

SCÈNE I.

L'ÉLÈVE.

Messieurs, depuis un mois que notre Proviseur
M'a, de rimer pour vous, imposé le labeur,
Sans pouvoir rien tirer de ma stérile veine,
Je travaille, je sue, et je meurs à la peine...
Pour être original, on cherche des sujets.....
On a rimé sur tout, dans ces fameux banquets.
Depuis — et c'est bien vieux — qu'on fête Charlemagne,
Que de fois a-t-on fait l'éloge du champagne,

De monsieur l'Econome !.. en plus de vingt couplets
Célébré les bons vins, les soins et les poulets,
Et maudit le *bachot*, cette épreuve suprême !
Que dis-je ?... On a chanté le solécisme même !
Et plus d'un professeur, s'oubliant à demi,
Applaudit ce jour-là son mortel ennemi:
Que me reste-t-il donc, Messieurs, et que vous dire ?
Ah ! si j'osais aider à l'ardeur qui m'inspire,
Je vous rappellerais la constante bonté
D'un maître aimé de tous, et de tous respecté...
Ses soins si dévoués, que la sagesse éclaire,
Et son départ enfin, qui tous nous désespère ;
Et ma voix, aujourd'hui, réveillant vos douleurs,
Trouverait, j'en suis sûr, un écho dans vos cœurs.
Mais un pareil sujet voudrait un vrai poëte...
Et c'est de la gaîté que réclame une fête...
Donc mes vers seront gais. Chantons gaîment ! mais quoi ?
Qui me conseillera ?.....

(Il tombe à genoux.)

Charlemagne, c'est toi !

Sur moi, du haut du ciel, jette un œil favorable.
Ah ! Daigne m'inspirer, secours un pauvre diable.
Charlemagne, à mon aide !

SCÈNE II.

CHARLEMAGNE, L'ÉLÈVE.

CHARLEMAGNE (*passant sa tête par la porte entr'ouverte.*)
On prononce mon nom,

J'accours. Mais qui m'appelle ici ? Que me veut-on ?

Quelle voix, à grands cris, m'invoque et me supplie,
(*Il entre tout à fait.*)
Et du fond du tombeau me rappelle à la vie ?

L'ÉLÈVE (*à part*).

D'où sort-il, celui-là ?

CHARLEMAGNE.

Qui m'appelle ? Est-ce toi ?
Parle ! Je suis pressé..... Charlemagne, c'est moi !

L'ÉLÈVE.

Vous Charlemagne ! Vous ! Ah ! Ah ! Vous voulez rire,
Mon cher Monsieur, ou bien vous êtes en délire.
Vous Charlemagne ! Ah ! Ah ! Vous êtes un gandin.

CHARLEMAGNE.

Devais-je donc paraître en empereur romain ?
Tout le monde aurait ri. J'ai trouvé plus commode
Que Dusautoy me fît un habit à la mode.
(*Il tourne sur lui-même pour faire voir son habit.*)
Je te le dis encore, Charlemagne, c'est moi,
Et je t'en donne ici ma parole de roi.

L'ÉLÈVE (*tombant à genoux*).

Charlemagne, pardon ! Pardon pour ma folie !
Pardon pour.....

CHARLEMAGNE (*le relevant*).

Il suffit. Je pardonne et j'oublie.
Je ne suis pas méchant. — Mais quelle douce odeur...
Peste ! le bon dîner !

L'ÉLÈVE (*saluant*).

Sire, c'est trop d'honneur !
(*A part.*)
Mon Dieu que je suis sot ! Aussi, c'est qu'il m'inspire.
Un empereur !... et mort ! Diable ! c'est quelque chose.
On n'en voit pas toujours...

CHARLEMAGNE.

Mais ce sont des festins...
Que faites-vous ici, mes petits libertins ?
L'air est tout embaumé de parfums délectables,
Et, par le grand Nemrod ! j'aperçois sur vos tables
Plus de lièvres, de cerfs, de chevreuils et de daims,
Que je n'en abattis dans mes grands bois germains.
Et c'est ce qu'on appelle un repas de famille !!!
Surtout, certain vin blanc, qui mousse et qui pétille,
Est si fêté par vous qu'il doit être bien bon...
Ah ! ma foi, je succombe à la tentation...
Fais m'en donner.

L'ÉLÈVE (*avec feu*).

Garçon ! un verre de champagne
Pour son ex-majesté l'empereur Charlemagne !

(Bas.)

Apportez-en donc deux ; l'autre sera pour moi...
Il faut bien lui tenir compagnie.....

CHARLEMAGNE *(après avoir bu).*

Ah ! ma foi !
C'est parfait ! c'est divin ! O l'heureuse jeunesse !
Boire, manger et rire et babiller sans cesse,
Voilà donc votre vie, voilà donc vos progrès !
Ce n'était pas ainsi chez nos bons vieux Français.
Ensevelis au fond d'un sombre monastère,
Et soumis aux rigueurs d'une règle sévère,
Ces mêmes écoliers, qui chantent aujourd'hui,
Auraient pleuré tout bas et seraient morts d'ennui.
Alcuin était là, d'une main son Homère,
De l'autre une férule, et, sourd à ma prière,
D'un grand coup appliqué sur les doigts innocents,
Punissait aussitôt le moindre contre-sens.
Il les tourmentait trop. L'école de Ferrières
A vu couler souvent des larmes bien amères.
Et moi je le grondais de sa sévérité,
Car j'aime tant l'enfance et sa naïveté !
Et les petits enfants ont pour moi tant de charmes
Qu'en les voyant pleurer je verse aussi des larmes.

L'ÉLÈVE *(à part).*

Quel brave homme !

CHARLEMAGNE.

Pour vous, vous êtes plus heureux.
Car on vous punit moins et vous apprenez mieux.
C'est ce que je voulais ; mais Angilbert, Homère,
Mais Alcuin, Flaccus, m'ordonnaient de me taire.
Quand, avant Legouvé, je lui disais : « La fleur
Se tourne vers le jour, l'enfant vers le bonheur »
Tous deux, sans m'écouter, riaient de mon système.
Mais l'avenir, ce juge infaillible et suprême,
Nous prouve en l'adoptant que mon système est bon,
Qu'Alcuin s'abusait, et que j'avais raison.

L'ÉLÈVE.

Ah Sire ! pardonnez si j'ose vous reprendre.
Mais vous montrez pour nous un intérêt si tendre
Que je dois me résoudre à vous tirer d'erreur.
Le Lycée est en fête, ô mon grand empereur !
Ces pâtés, ce gibier, ces crêmes, ce champagne,
Tout vous dit que l'on fête aujourd'hui Charlemagne.

CHARLEMAGNE.

Quoi ! l'on me fête, moi !

L'ÉLÈVE.

De toute éternité
C'est un usage admis dans l'Université,

Qui de son fondateur honore la mémoire.
Ce banquet succulent, Sire, est votre gloire ;
Mais, si vous reveniez nous visiter demain,
Vous croiriez retrouver le bon vieux temps d'Alcuin.
Plus de ces cris joyeux, mais un morne silence !
Plus de ces vins exquis, mais l'atroce *abondance.*
Lorsque le sommelier, d'une soigneuse main,
Met dans un litre d'eau quelques gouttes de vin,
La peur d'en verser trop lui cause tant d'alarmes
Que le vin est souvent remplacé par des larmes !
Si Votre Majesté consent à m'écouter,
A ce mélange affreux, gardez-vous de goûter.

Pourtant si l'on voulait comprendre ma pensée,
Nul séjour ne serait plus doux que le Lycée.
Le collége actuel est un vieux contre-sens.
Quelle demeure, hélas ! pour des adolescents
Amoureux du grand air, du soleil, de l'espace,
Que cet obscur cachot qu'on appelle une classe !
Quoi ! c'est aux sombres murs d'une étroite prison
Sire, que l'on prétend borner notre horizon !
C'est enchaîner l'esprit d'entraves éternelles ;
C'est dire à l'âme : « Vole ! » et lui couper les ailes.
Ah ! Sire, quand l'oiseau, dans sa cage captif,
Ne fait pas même entendre un chant tendre et plaintif,
Une attentive main, pour égayer sa cage,
Ou la place au soleil, ou la ceint de feuillage.
            (Ici Charlemagne se fait verser à boire.)
Qu'on fasse ainsi pour nous, quand l'hiver grelottant
A jeté sur la terre un linceul éclatant,

Puisque, pour fuir la neige ou le vent qui nous glace
Nous n'avons d'autre asile, hélas ! que notre classe,
Qu'on nous l'égaie un peu ! qu'on couvre ces gradins,
Si durs au temps présent, des plus moelleux coussins ;
Que nous puissions trouver, assis devant nos tables,
Pour appuyer nos corps, des dossiers confortables ;
Et — changement sans nom dans l'Université, —
Glisser, en nous mirant, sur un parquet frotté.
Que le Louvre, pour nous, soit soumis au pillage,
Qu'au lieu de ces murs gris, un joyeux paysage
Vienne égayer nos yeux de son reflet vermeil
Et qu'en peinture, au moins, nous voyions le soleil !
Enfin, qu'à ses leçons tout professeur permette
De fumer crânement l'aimable cigarette
Puis, Sire, je voudrais qu'on fît un grand bûcher,
Un bûcher titanesque, aussi haut qu'un clocher,
Et qu'on brûlât dessus, en dansant autour d'elle,
De l'éternel *pensum*, l'hydre toujours nouvelle.
Et quant aux vers latins... je...

CHARLEMAGNE *(le verre à la main)*.

Là ! Là ! Là ! calme-toi !
Respect aux vers latins, car je les aimais, moi !
Et je les faisais mieux que les Latins eux-mêmes.
J'ai surpassé Virgile... As-tu lu mes poëmes?

L'ÉLÈVE.

Moi, s'y j'ai lu vos vers?... Ah ! Sire, qu'il sont beaux !

(*A part*).

Il n'en a fait que deux ; l'un mauvais, l'autre faux.

(*Haut.*)

Je cède à votre voix et je courbe la tête ;
Que le vers latin vive, et que dans cette fête
Chaque année il rappelle aux lycéens émus
Et votre bonté, Sire, et toutes vos vertus.
Qu'un concours s'ouvre aussi pour ce banquet modèle ;
Que l'habile inventeur d'une crême nouvelle,
Comme nos lauréats, reçoive un prix d'honneur !

Mais voici les beaux jours et leur tiède ardeur
Et la terre a repris sa robe printanière ;
Qu'alors les professeurs entr'ouvrent la volière,
Que tous, oiseaux joyeux, nous courions en chantant,
Cueillir aux bois la fleur au corsage éclatant,
Arracher ses secrets à sa corolle pure,
Et lire, en nous jouant, à ton livre, ô Nature !

(*Charlemagne se fait encore verser à boire.*)

La classe alors se fait en plein air, sous les cieux ;
Pour siége, l'herbe en fleur, pour table, un tronc noueux.
Ah ! Sire, qu'on sent mieux Ovide et tous ses charmes,
Virgile, plein d'amour, Tibulle, plein de larmes,
Lorsqu'on peut contempler, pour commenter leurs vers,
Sur sa tête le ciel immense ou les bois verts.
Si l'esprit se refuse à comprendre un passage,
La voix des flots amis, le riant paysage,
Et les chants des oiseaux l'expliquent à nos cœurs.
La Nature, voilà bien le roi des professeurs !

Sire, vous savez tout, et voilà, voilà le rêve
Qui me poursuit toujours, sans repos et sans trêve.
Voir tomber devant moi les murs de ma prison,
Et s'ouvrir à mes yeux un immense horizon;
Pour collége et pour classe, avoir la terre et l'onde,
Les astres pour Lhomond, et pour maître, le monde !
Ah ! Sire, convenez que c'est un grand tableau
Et que si c'est un rêve, il est au moins très-beau.

CHARLEMAGNE (*le verre à la main*).

Bravo! Bravo! Bravo ! Tu parles comme un livre...
Charlemagne t'approuve...

L'ÉLÈVE (*à part*).

Ah ! Charlemagne est ivre.

CHARLEMAGNE (*toujours le verre à la main*)..

Mais tu n'y vas pas mal, tout est bouleversé!
Ton plan réussira, car il est insensé.
Garçon ! en attendant cette époque prospère,
De champagne mousseux remplis encor mon verre !

L'ÉLÈVE (*à part*).

Oh! Il titube...

CHARLEMAGNE.

A Toi! rêveur sentimental!

L'ÉLÈVE.

A Vous! grand empereur!

CHARLEMAGNE.

Au Lycée!

L'ÉLÈVE.

Idéal!

MAURICE **BERNARDIN.**

Élève de rhétorique
au lycée Henri IV.

Fontainebleau. — Imprimerie E. BOURGES.